いつか知りたかった

古事記

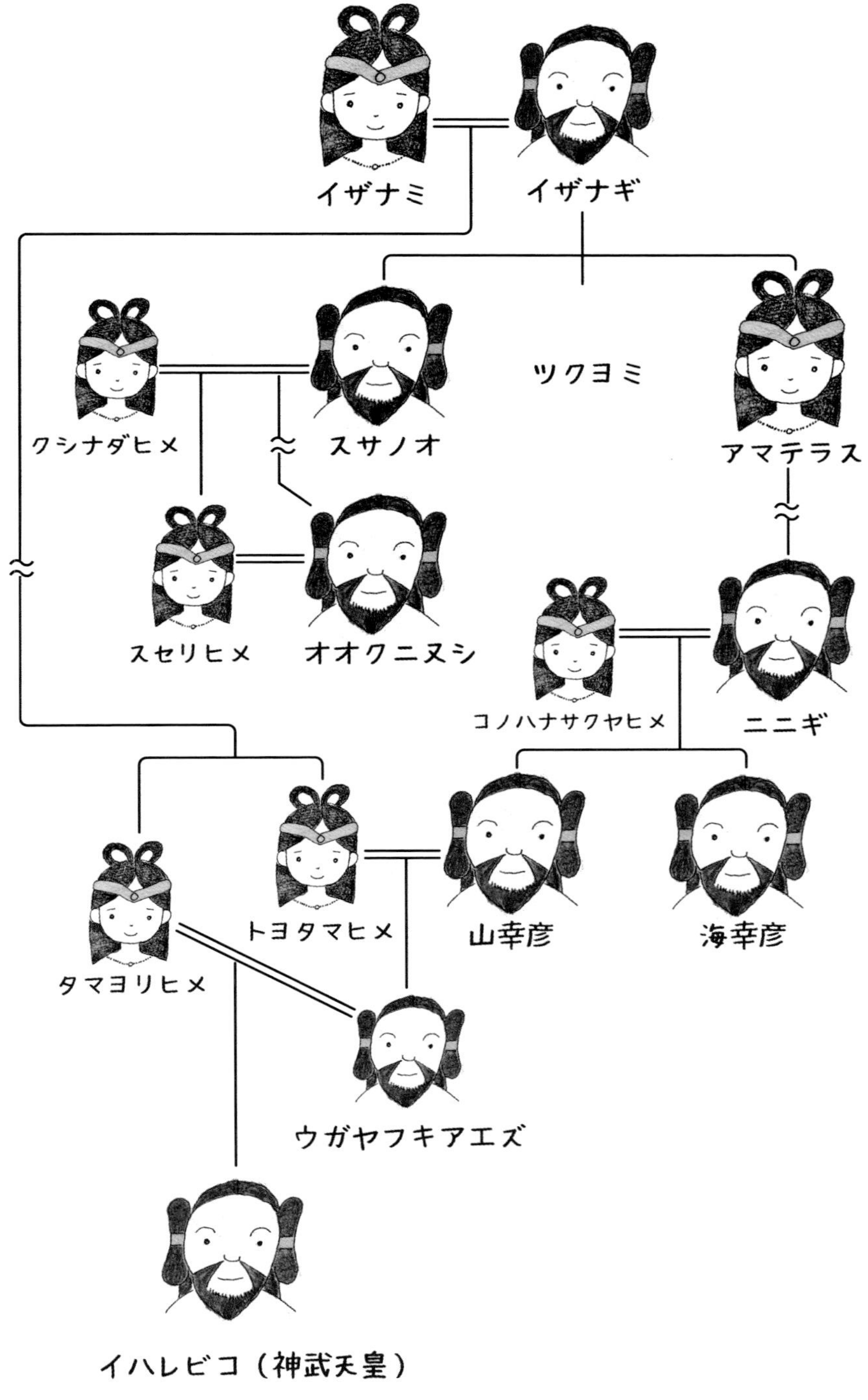
イザナミ
イザナギ
クシナダヒメ
スサノオ
ツクヨミ
アマテラス
スセリヒメ
オオクニヌシ
コノハナサクヤヒメ
ニニギ
トヨタマヒメ
山幸彦
海幸彦
タマヨリヒメ
ウガヤフキアエズ
イハレビコ（神武天皇）

この物語は、私たちの国、日本の始まりのお話です。

この世界は、ただ一点から始まりました。その一点は、すべてのおおもととなる大きな力「大きな存在」でありました。一点はどんどん分かれていって、そのあと何もかもが、どろどろの状態になりました。地面もなく、表面に油が浮いたような状態でした。それが何千年ものあいだ続きました。

そこに誕生したのが、アメノミナカヌシ、タカミムスビ、カミムスビの三人の神様でした。三人は力を合わせて、この世にあるすべてのものを、神として生み出しました。

ですから、今この世にあるすべてのもの、すべてのこと、そしてすべての人は、最初の一点の神様が必要としてつくられた神の分霊《わけみたま》であり、三人の神が「大きな存在」の思いに従い、必要だから作ったのだと言えるのです。

三人の神が生まれたあと、五組の神が生まれました。そして、最後の八番目に生まれたのが、イザナギという名前の男の神様と、イザナミという名前の女の神様でした。

神様たちはイザナギとイザナミに「大地はただよっているばかりで人も住めない。二人でしっかりと大地をつくり、何千年も何万年も栄えるような素晴らしい国をつくりなさい」と言いました。

二人がただよっている国を鉾《ほこ》でかき回すと、しずくがしたたり落ちて固まり、島となりました。

二人はその島に降り立って、国づくりにとりかかりました。二人はまず淡路島を生み、四国や九州、

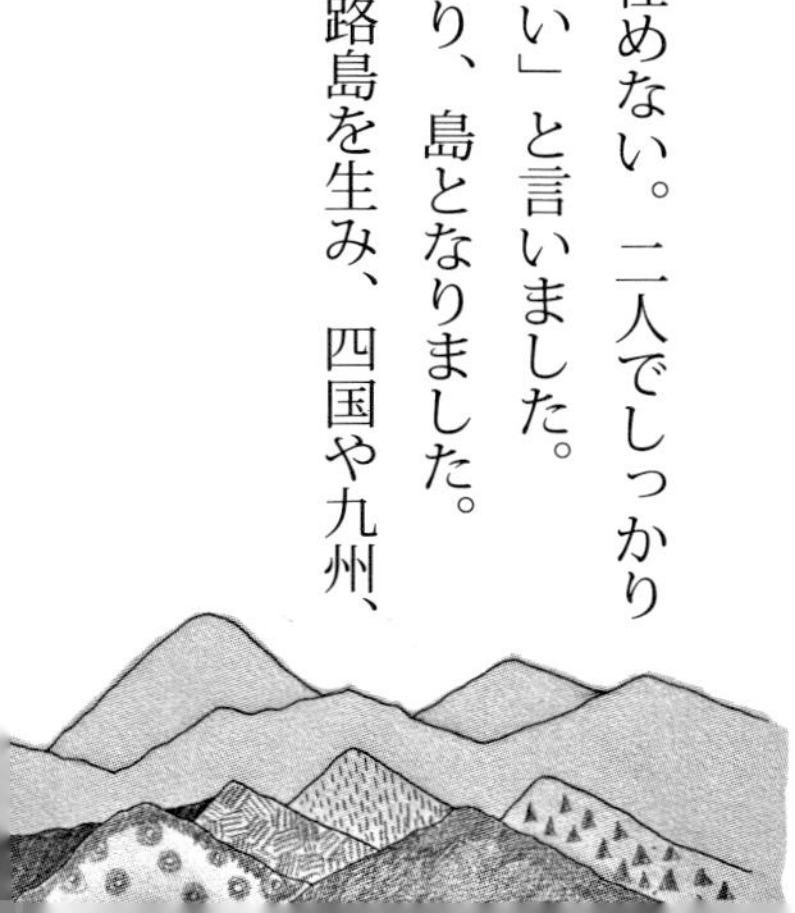

そして本州を生みました。そのあと、そこを守るため、神様をつくることにしました。

海の神様、土の神様、山の神様、風の神様など、たくさんの神様を生み出したのですが、最後に妻のイザナミが火の神様を産むときに、火傷《やけど》をしてイザナミは死んでしまいました。

イザナギは大変悲しみました。すごくすごく悲しくなって、火の神様を殺してしまうほどでした。

*

イザナギは愛しいイザナミが恋しくて、黄泉《よみ》の国へ追いかけて行きました。

イザナギはイザナミを呼んで「帰ってきてほしい」と頼みました。けれどイザナミは「私はすでに黄泉の国の物を口にしてしまったので、もとには戻れないのです。でも大好きなあなたのために、黄泉の国の神様に相談してみます。しばらく待っていてくださいね。そのあいだは、私の姿を決してのぞき見しないでほしいのです」と言いました。

ところが、神様との相談があまりにも長いので、イザナギは中をのぞき込んでしまいました。なんということでしょう。イザナミは死人の姿で、腐り、身体中ウジがわいていて、八つの雷《いかづち》の神が身体中についていました。イザナミは、それはそれは怖い変わり果てた姿をしていました。

イザナギは、あまりの妻の姿に驚き、恐ろしくなって一目散に逃げ出しました。

イザナミは「よくも私に恥をかかせましたね」と約束を破ったイザナギに激怒しました。そして、黄泉の国の女たちに、イザナギのあとを追うように命じました。そして自分も仲間と一緒に追いかけました。

イザナギは逃げて逃げて、ようやっとのことで、黄泉の国と、この世との境である黄泉平坂《よもつひらさか》までやってきました。黄泉平坂にはとても大きな桃の木があって、桃がたくさんなっていました。イザナギはその桃の実を三つとって、恐ろしい追っ手をめがけて投げつけました。すると、どうしたことでしょう。追っ手は頭をかかえて一目散に逃げだしました。

最後にイザナミが追ってきました。イザナギはイザナミが入ってこないように、千人の力で引かなければならないような大きな岩で行く手をふさぎました。イザナミは悲しみと怒りのあまり「こんなことをするなら、この世の人間を一日で千人殺します」と言いました。

「それなら私は、一日に千五百人生みだす！」とイザナギは言い返しました。

生きる者と死者の国が分けられたのは、このときがあったからです。でもそのおかげで、たくさんの人間が生まれたのも、こういう理由があったのです。

振り返ってみれば、悲しい出来事も、辛い気持ちも、長く続く素晴らしい国が生まれるためには、必要なことだったのかもしれません。

イザナギは助けられた桃の実に、オオカムヅミという名前をつけました。そして「私を助けてくれ

たように、これからも人々が苦しむようなことがあったら、助けてやってほしい」と桃の実に言いました。すべてのものが神様であるように、桃の木もやはり神様であったのです。

オオカムヅミは、そのあと、桃太郎に生まれ変わって、人々を苦しめる鬼を退治したと言われています。

＊

黄泉《よみ》の国から帰ったイザナギは、心も体も疲れ果てていました。そして、けがれも落としたかったので、泉でみそぎをしました。

イザナギが脱いだ衣服などから神々が生まれました。イザナギが体を洗い清めると、禍《わざわい》の神々が生まれました。そして、禍を直そうとして神々が生まれ、水に潜ると港の神々が生まれるというふうに、たくさんの神様が生まれました。そして最後に顔を洗うと、イザナギの左目からアマテラス、右目からツクヨミ、鼻からスサノオという神様が生まれました。

イザナギは、アマテラスには天の世界、ツクヨミには夜の世界、スサノオには海の世界を治めなさいと命じました。

ところが、スサノオは大変に気性の荒い神様でした。大きくなっても、お母さんのイザナミにどうしても会いたいと泣きさけんでばかりいて、少しも任された海を治めようとせずに、その暴れぶりは天地に災害を引き起こすほどでした。

その様子を見ていた父のイザナギと姉のアマテラスは、すっかりあきれてしまいました。「そんなに会いたいなら、勝手に行くがいい」とスサノオを地上に追いやってしまったのです。

スサノオは、姉のアマテラスにいとまごいの挨拶をしてから、黄泉の国に旅立とうと考えて、高天原《たかあまはら》へ上っていきました。ところがスサノオが天に上ろうとすると、山川はとどろき、大地は震えました。アマテラスは、暴れん坊のスサノオが、高天原を奪いに来たのではないかと考え違いをしてしまいました。

スサノオは、自分の言っていることが本当かどうかを決める占いをしようと提案しました。占いの結果、スサノオの言っていたことは、本当だったということが認められました。そこでようやくスサノオは、アマテラスの高天原に入ることを許されました。

ところがそれでもスサノオは、アマテラスがつくった田畑を壊し、牛を殺し、宮殿も壊してしまうなど、悪いことをたくさんしてしまいました。

スサノオが気性が荒いことを責めてしまいそうになるけれど、だからこそ、そのあとの世界につながっていったことを考えると、気性が荒いことも、どんなことも必要なことだったのかもしれません。

＊

アマテラスは大変怒りました。悪事のたびに何度もスサノオをかばったのにと悲しみ、心も傷ついて、洞窟の奥へ隠れて、入り口を大きな岩でふさいでしまいました。

天の神様であるアマテラスが洞窟に引きこもってしまったので、この世は闇につつまれ、病気が流行り、作物も育たなくなりました。そこで神様たちは集まって、どうしたらアマテラスを洞窟から出せるのか相談をしたのです。

そして歌や踊りの上手なアメノウズメノミコトを中心に、天岩戸の前で歌え踊れと騒ぎました。あまりに上手でこっけいな踊りに、神々も大笑いしました。

外の騒ぎを天岩戸の奥で聞いていたアマテラスは、大岩を少しだけ開いてたずねました。

「私が隠れて世の中が闇となり、みんなを困らせてしまっているかと、心配に思っていました。なぜ踊りを見て、あなたたちは、そんなにも愉快に笑っているのですか？」

少し隙間が開いたので、その瞬間に力持ちの神様がアマテラスを引っ張り出し、二度とアマテラスが中へ隠れてしまわないようにと、しめ縄を張りました。

このようにして、この世に光が戻りました。

スサノオは神々に髭を切られて、手足の爪を抜かれて、地上へと追い出されました。

＊

　天上を追い出されたスサノオが地上を歩いていると、川上から箸が流れてきました。それを見たスサノオは、誰かが川上に住んでいるのだと考えて、川をのぼると一軒の民家がありました。中をのぞくと、おじいさんとおばあさんと美しい娘が泣いていました。スサノオがわけを尋ねると、泣きながら二人は言いました。

「娘は八人いましたが、年に一度、巨大なオロチがやって来て、毎年娘を一人食べてしまうのです。今年もオロチがそろそろやってきて、最後に残ったこの末娘のクシナダヒメも、やがて食べられてしまうに違いありません。ヤマタノオロチは一つの胴体に八つの頭、八つの尾を持ち、目はホオズキのように真っ赤であり、体にはコケやヒノキ、スギが生え、八つの谷と八つの丘にまたがるほど巨大で、その腹は、いつも血でただれています」

　スサノオは大変気性の荒いところがありましたが、とても正義感が強い神様でした。どんなにヤマタノオロチが恐ろしくても、なんとかヒメを助けたいと考えました。そしてそのとき、クシナダヒメのあまりの可愛さに、スサノオはヒメに恋をしました。

「ヒメを助けたいと思います。助けたあとヒメと結婚をさせてはもらえませんか」と言いました。

　二人は突然の話に驚きました。けれど、スサノオがアマテラスの弟で、天上から降り立ったばかりであることを知ったおじいさんとおばあさんは、この話をとてもありがたいことだと喜びました。

　スサノオは、クシナダヒメを守るために、ヒメを櫛《くし》に変えて自分の髪にさしました。そして、おじいさんとおばあさんに「八回繰り返して醸造した強い酒を造り、また、垣根を作り、その垣根には八

つの門を作り、門ごとに八つの棚を置き、その棚ごとに酒を置いておくように」と言いました。

やがて恐ろしく大きなヤマタノオロチが地響きを立ててやってきました。ヤマタノオロチは、八つの頭をそれぞれの酒桶に突っ込んで酒を飲みだしました。酔ったオロチはすっかり眠りこんでしまいました。

スサノオはそのすきに、眠っているオロチを切り刻みました。尾を切ると剣の刃がかけ、不思議に思って尾を裂くと、中からするどい太刀《たち》が出てきました。

スサノオは、この太刀をアマテラスにささげました。これがアメノムラクモノツルギです。

*

天上で好き放題をし過ぎて、故郷では居場所がなくなってしまったスサノオが、こうして妻をめとり、出雲の地で自分の居場所を見つけました。

ここでスサノオは歌を詠みました。

八雲立つ　出雲八重垣　妻ごみに
八重垣つくる　その八重垣を

これが日本最古の短歌であり、日本書紀にはこれにより、三十一文字《みそひともじ》の歌が定まったと書かれてあります。

そのあと、スサノオとクシナダヒメは地上でしあわせに暮らしました。子どももたくさん生まれました。その子孫に、オオクニヌシがいます。オオクニヌシは、因幡《いなば》の白ウサギを助けた心の優しい神様でした。

オオクニヌシには兄がたくさんいました。兄たちは、いじわるな心を持っていて、親切で心優しい弟のオオクニヌシをまるで奴隷のように扱っていました。その兄たちはみな、ヤガミヒメという同じ人を好きになってしまいました。

この兄弟にはこんなお話があります。

あるウサギが、隠岐《おき》から因幡の国へ渡ってみたいと考えました。泳がないで渡る方法はないだろうかと考えたところ「そうだ。ワニの背中を渡って行こう！」と思いつきました。（当時はサメをワニと呼びました）。

そこでワニたちに「ウサギとワニでは、どっちの数が多いのか、比べっこをしよう」と言いました。ウサギは「僕が数を数えるから、因幡の国まで一列に並んでよ」とワニに言いました。ワニはウサギに言われたとおり、隠岐から因幡の国まで、ずらりと並びました。海にできたワニの道を、ワニの

数を数えながら、ウサギはピョンピョンとはねて行きました。

因幡の国に、もうちょっとで渡り切るというときに、ウサギが「おまえたちは、私にだまされたのだ」と言いました。ワニたちは怒って、ウサギの皮をはがしてしまいました。
ちょうどそこを通りかかったのが、オオクニヌシの兄たちでした。兄たちは、美しいヤガミヒメに結婚を申し込むために、因幡にやってきていたのです。

兄たちは苦しんでいるウサギをからかって
「海の水で体を洗い、風に当たっておれば傷は治る」とウソをつきました。

ウサギはその通りにしましたが、キズは治るはずもなく、さらに痛くなりました。痛みで転げ回るウサギを見て兄たちは大笑いしました。

オオクニヌシは、兄たちみんなの荷物を持たされて歩いていました。(オオクニヌシは大黒様とも呼ばれます。大黒様が大きな荷物を持っているのはそのためです)。
オオクニヌシは重い荷物のために、兄たちから遅れてそこを通りかかりました。
「痛いよー」と泣いているウサギに、オオクニヌシは
「真水で体を洗い、蒲《がま》の穂綿に包まれて静かにしていなさい。そうすれば治るよ」と優しく教えました。

言われた通りにすると、ウサギはキズも治って、もとの姿になりました。
オオクニヌシに助けられたウサギはこう言いました。

「ヤガミヒメ様は、心優しいあなたをお選びになるでしょう」

ウサギが言ったとおり、ヤガミヒメが選んだのは、兄たちではなくて、いつもいじめられたり、からかわれていたオオクニヌシだったのです。

*

兄たちは、それを見ておもしろくありませんでした。そこでなんとオオクニヌシを殺してしまいました。神様はかわいそうに思って、オオクニヌシを生き返らせました。ところが「まだ生きていたのか」と、兄たちがまたもオオクニヌシを殺してしまうのです。そのときも、ふたたび神様が生き返らせてくれました。

オオクニヌシは、また殺されてはたまらないと考えました。そこで、イザナギたちから追われて地上に住んでいたスサノオの国に逃げました。

オオクニヌシは、美しいスサノオの娘のスセリヒメが好きになってしまい、結婚を申し込みました。スサノオは相変わらず気性が激しく、オオクニヌシのことが気に入らずに、何度も厳しいことを命令しました。オオクニヌシは、蛇がたくさんいる部屋に入れられたり、ムカデと蜂の部屋に閉じ込められたりしました。けれどもそのたびに、スセリヒメが隠れてオオクニヌシを助けました。

何度も厳しい命令をやりとげることができたので、ついにスサノオに認められて、娘と結ばれて出

雲の国を治めることになりました。

ところで、オオクニヌシは、スサノオの国に来る前に、ヤガミヒメと一夜《ひとよ》をともにしていました。ヤガミヒメという人がいながら、なぜスセリヒメとも結婚したのかと不思議に思う人がおられるかもしれません。

その当時は、今とは風習が違っていました。たとえば、源氏の時代は通い婚で、女性が家で待つ歌がたくさん残っているように、愛おしいと思う人がいても、違う家にも通い、子孫を残すということが多く見られました。今の時代の常識だけでは、はかれないことがたくさんあるのかもしれません。

ヤガミヒメは、オオクニヌシの子どもを身ごもっていました。出産が近づいたので、大好きなオオクニヌシに会うために、因幡の国から出雲の国を訪れたところ、オオクニヌシとスセリヒメが好きあっていることを知りました。

どんな風習があっても、愛する人が違う人と一緒にいるのを見るのは悲しいことだったのでしょう。ヤガミヒメはたいそう傷ついて、悲しみの中、オオクニヌシのことをあきらめました。

＊

そののち、たくましく成長したオオクニヌシは、長年にわたって国づくりに取り組みました。

スサノオの姉のアマテラスは、最初の神様の「何千年も何万年も栄えるような素晴らしい国をつくりなさい」という思いを、長く強く持ち続けている神でした。

天の神様の願いは、お金や力で支配する世界ではなく、愛と徳をもって治める国を創ることでした。


古事記や祝詞《のりと》には「シラス」と「ウシハク」という言葉が出てきます。

シラスは知るの丁寧語《ていねいご》で、一体化するという意味です。すべてのものが、互いを助け合い、補い合って、ひとつのいのちとして生きること、それが一体化です。ただ知識として知るのではなく、一体化して、その中に入って実感することこそが「知る」こと。天の神様は、すべてのものが大切で、すべてが神と考えていたのです。

天の神様が望んだ「シラス国」は、身分の差というものはなく、自分を愛するように、全ての民を愛し、大切にする国のことでした。そしてアマテラスが求めていたものも、そのシラス国でした。

一方、ウシハクは主人（ウシ）履く（ハク）で、主人が所有するという意味で、シラスの反対語です。民を自分の好き勝手に扱ってもよい、自分の所有物と考え、自由を奪い、国民の痛みや悲しみより、自分の都合のよいようにするのがウシハクです。


弟のスサノオや、その婿のオオクニヌシが地上を治めることに、アマテラスには迷いがありました。

アマテラスは、どうしてもこの国をシラス国にしたかったのです。そこで、何度も地上に使いを送りますが、使いの者はオオクニヌシの家来になったり、オオクニヌシの娘に心をうばわれたりして、なかなか天に帰っては来ませんでした。けれど、とうとう力を持つ使いが命令をはたして、オオクニヌシはアマテラスなどの天に住む神たちに国を譲ることになりました。

国を譲る条件として、オオクニヌシがアマテラスに申し出たのは、これまでの信仰を変えることなく、出雲に出雲大社を建てるということでした。アマテラスはこれをよしとしました。民はみんな一つの家族、宗教や容姿や考えの違いもお互いに受け入れることが大切と考えられたからです。日本に宗教戦争がないのはこういう理由があるのです。

＊

アマテラスともう一人の神様の二人の命令で、はじめはアマテラスの長男のアメノオシホミミが、地上に降りることになっていました。けれど、それは天の神様の望むところではなかったのかもしれません。アメノホシホミミは、地上は危ないから行きたくないと言い、まさにそんなときに、ニニギという子どもが生まれました。

そこでニニギが地上に降りることとなりました。このときニニギが降りたのは、日向《ひゅうが》（宮崎県）の高千穂でした。

ニニギはアマテラスの孫にあたることから、「天孫降臨《てんそんこうりん》」と呼ばれるようになりました。

アマテラスはニニギが降りるときに、三つの大切なことば、神勅《しんちょく》を授けました。

一つ目は、地上に降りて「シラス国」を作りなさいということでした。

「この国は我が子孫が治めるべき国です。みな、しあわせでいなさい。シラス国は天地とともに永遠に栄え、窮《きわ》まることはありません」とアマテラスはニニギに愛情深く伝えました。

二つ目として、アマテラスは、三種の神器の鏡をニニギに与えて「この鏡はひたすらに私の御魂《みたま》として、私を拝むのと同じように敬ってまつりなさい」と言いました。

鏡はのちに伊勢の神宮におまつりされ、宮中では分霊《わけみたま》の鏡がおまつりされています。

そして三つ目は、「高天原にある神々へ捧げる神聖な水田で出来た稲穂を、我が子孫に与えるので、地上で栽培し、これで民を養いなさい」ということでした。

このことは、今も毎年十一月二十三日に宮中や全国神社で行われる新嘗祭《にいなめさい》として大切に行われています。これはとても大切な天皇の政《まつりごと》です。神様からの賜り物である米の収穫に感謝して、お米を大切にし、新米が民に行き届いたことを確認して、最後に天皇が召し上がるのです。

＊

さて、ニニギが地上に降り立ったとき、コノハナサクヤヒメが川で水汲みをしていました。ニニギは咲きほこる、花のように可愛いコノハナサクヤヒメにひとめぼれをして、その場で結婚を申し込みました。これが、天に住む神と国に住む神の初めての結婚となりました。
ニニギからの結婚の申し込みに、コノハナサクヤヒメのお父さんはたいそう喜びました。
お父さんは、姉のイワナガヒメもコノハナサクヤヒメと一緒に、ニニギにとつがせようとしました。
なぜかというと、コノハナサクヤヒメは桜の女神で、とても美しいけれど、桜のような、はかなさを持っていました。それに対してイワナガヒメは、決して美しくはなかったけれど、名前の通り、雪が降っても風が吹いても変わらない、岩のような強さを持っていました。これはお父さんが、ニニギが二人と結婚することで、天の神の子孫が永遠で、木の花のように美しく栄えることを願ってのことだったのです。

ところがイワナガヒメがあまりに美しくなかったため、ニニギはイワナガヒメを一目見るなり送り返してしまいました。そして、コノハナサクヤヒメだけを泊めて一夜《ひとよ》の交わりをしました。

そのため天皇の寿命は、天の神の子孫でありながら、神様が持っている永遠の命ではなく、木の花のように短くはかないものになってしまったそうです。

けれどこのことも、天のはからいと考えるべきかもしれません。天皇だけでなく、例外なく人は生まれ、亡くなります。だからこそ、いろいろな人が生まれ、出会っていきます。生まれたものが必ず亡くなるということもまた、天の神様の望みなのかもしれません。

ニニギは、コノハナサクヤヒメと一夜をすごしたあと、戦いに行ってしまいました。結ばれたコノハナサクヤヒメはお腹に赤ちゃんを宿しました。

ところがニニギは「一夜で赤ん坊ができるはずがない。私の子すなわち天の子ではなく、この国の子ではないか」といってコノハナサクヤヒメを疑いました。

コノハナサクヤヒメは、出入口を全てふさいだ産屋《うぶや》に入り「お腹の中にいる子どもが、もしあなたの言うように天の神の子ではなく、国の子であるならば、無事に産まれてくることはないでしょう」と言って、そこに火を放ったのです。

火が勢いよく燃え盛っているときに無事に生まれたのが、火照命《ホデリノミコト》またの名を海幸彦と言います。次に産まれたのが火須勢理命《ホスセリノミコト》（火が衰える）、そして最後に火遠理命《ホヲリノミコト》（火が静まる）またの名は山幸彦です。

*

兄の海幸彦は釣りが得意で、弟の山幸彦は猟が得意でした。

ある日、弟の山幸彦が「お互いの道具を取り替えてみないか」と言いました。兄の海幸彦は「魚を捕るためのこの道具は、命よりも大切な物だから交換はできない」と断りました。それでも山幸彦はあきらめきれなくて、兄を何とか説得しました。そして、一日だけ道具を交換してもらえることにな

りました。

兄の海幸彦は山へ獲物をとりに、弟の山幸彦は海へ魚をとりに行きました。けれども、二人とも少しもとることができませんでした。そればかりか、山幸彦は、兄の大切な釣り針を魚にとられてしまいました。

山幸彦は海幸彦に心から謝りました。でも、海幸彦は「命より大切な釣り針だから返してほしい」と決して許してはくれませんでした。山幸彦は自分の剣を融《と》かして、千本の釣り針を作って謝りましたが、それでも海幸彦は許してくれませんでした。

どうしても兄に許してもらえず、途方に暮れていたところ、シオツチの神が来て「海神《わたつみ》の国に行ってごらんなさい」と言いました。

山幸彦は海神の国に行って、そこでトヨタマヒメに会いました。美しいトヨタマヒメにひとめぼれした山幸彦は、トヨタマヒメと結婚しました。そして、海神の国で楽しく三年間を過ごしました。

あるとき山幸彦は、兄の釣り針のことを思い出し、トヨタマヒメに話しました。すぐにたくさんの魚を集めて、釣り針のことを尋ねると、鯛がずっと宮へ来ていないことがわかりました。調べると、鯛ののどには兄の釣り針がささっていました。山幸彦は、その釣り針を持ってすぐに地上に帰り、兄に返しました。

山幸彦の後を追って、トヨタマヒメも地上にやってきました。そしておなかに赤ちゃんがいることを告げ、山幸彦に中をのぞかないようにと念を押して産屋《うぶや》に入っていきました。

ところが、山幸彦は約束を破ってこっそり中をのぞいてしまいました。

すると中では、大きなワニ（サメのこと）に姿を変えたトヨタマヒメがお産のために苦しんでいました。トヨタマヒメは、ワニの姿を山幸彦に見られたことを恥ずかしがって、海神《わたつみ》の国へ帰ってしまいました。

けれどトヨタマヒメは、生まれた男の子が心配になり、妹のタマヨリヒメに子どもの世話を頼み、地上に送りました。

男の子は世話をしてくれたタマヨリヒメと結婚し、二人の間にイハレビコが生まれました。

*

そういうことなので、ニニギの四代目にあたるのが、そのイハレビコです。

イハレビコは、とても優しく美しい姿をしていました。大きくなったときに、兄弟たちに相談し、祖先がずっと治めてくださったこのシラス国をさらに広めるため、新しい都を求めて日向から東へ進もうと決意しました。

向かった先は大和《やまと》でした。イハレビコは大和をおさめていた勢力と戦うときに、大阪からまっすぐ

に奈良へ向かいました。太陽の神の子孫なのに、太陽の方向に向かって戦ってしまったことで、戦いに苦戦しました。この戦いで兄のイツセが命を落とし、いったん退くことになりました。
次に、今度は遠回りをして、熊野から上陸して奈良へ向かって戦うことで、勝利をおさめました。
このとき道案内をしたのが、足が三本ある八咫烏《ヤタガラス》です。

勝利をおさめたイハレビコは、大和を都にすると宣言をしました。

そして、大変苦労をして大和を平定し、橿原宮《かしはらぐう》で初代天皇に即位し、政治を行うことになりました。

それが神武天皇の誕生です。そのときもシラス国の考え方は受け継がれ、全世界を一つの家とするという意味の「八紘《あめのした》をおほひて宇《いえ》とせむ」という天皇の言葉が日本書紀に書かれてあります。

これは、紀元前六六〇年二月十一日のことです。つまり、日本はいつ始まったのかと聞かれたときは、西暦に六六〇を足した数になります。この暦を「皇紀《こうき》」といいます。日本は世界で最も古い国なのです。

*

お話は十代目の天皇、崇神《すじん》天皇に移ります。

崇神天皇のときに国中に疫病が流行りました。穀物も枯れてしまい、病気と飢餓のために、国の半分の人が死んでしまいました。

崇神天皇がずっと神様に祈り続けたところ、ある夜、夢をみました。夢に出てきたのは、オオモノヌシという神様でした。

オオモノヌシは天皇に「オオタネヒコに私を祀《まつ》らせるように」と言いました。崇神天皇はこれをお告げだと思って、オオタネヒコを探し出し、宮中から神様を三輪山へ移して祀ったところ、疫病は治まって、作物も実りました。そして国に平和が戻りました。

崇神天皇は神様に感謝し、神どころ、つまり神様が祀られているところなどを定めることにしました。

*

崇神天皇は「アマテラスをおまつりするのに最適な場所を探すように」と娘のトヨスキイリヒメに命じましたが、どれだけ旅して探しても見つけることが出来ませんでした。そこで、姪に当たるヤマトヒメにあとを託しました。

ヤマトヒメが伊勢の国に入ると、アマテラスが宇治の五十鈴川《いすずがわ》を気に入り「伊勢は美しいのでここにいたい」とヤマトヒメにお告げをしました。そこで、ヤマトヒメは、アマテラスの言われるように五十鈴川の川上に宮を建てました。それが伊勢神宮です。

＊

その次の天皇は景行《けいこう》天皇です。

景行天皇の息子のヤマトタケルは、乱暴なところがありました。父はヤマトタケルの猛々《たけだけ》しい性格を恐れて「西にクマソタケルという兄弟がいる。少しも私たちの言うことを聞かないから征伐《せいばつ》しなさい」と命じました。

ヤマトタケルは、父の命令をきいて、九州のクマソタケル兄弟と出雲のイズモタケルを倒しました。戻ってきたヤマトタケルに、父の景行天皇は、今度は東を平定するようにと命じました。

ヤマトタケルは大変悩みました。そして伊勢の地にアマテラスを祀った、叔母のヤマトヒメに助けを求めに行きました。

「父は私に死ねと思っているのではないでしょうか？　西の征伐をして帰ってきたところなのに、また東の征伐に行けと命じます。こんなにも酷《ひど》い命令をするのは、息子の私に早く死んでほしいと思っているに違いありません」

ヤマトヒメは、嘆き悲しむヤマトタケルに、二つのものを授けました。

一つは、アマテラスがニニギに、天子の証しにせよと授けた三種の神器のひとつ、アメノムラクモノツルギでした。そしてもうひとつは「万が一のときがあれば、これを開きなさい」と小さな袋を渡しました。

ヤマトタケルトはその二つを持って、妻のオトタチバナと共に、東へと旅立ちました。

ヤマトタケルが相模《さがみ》のあたりまでやってきたときのことです。

その地の豪族たちのすすめで、ヤマトタケルは、オトタチバナをともなって鹿狩りに出かけました。

ところがそれは豪族たちの策略でありました。二人はススキ野原に追い込まれ、四方八方から火を放たれ、焼き討ちにあったのです。

火は燃え広がり、どこが出口かもわからず、妻のオトタチバナとも離れ離れになってしまいました。

「オトタチバナ！　オトタチバナ！」ヤマトタケルは妻の名を必死に呼び、探し続けました。

ようやく妻を見つけ出し、抱きしめたときには、火は二人に向かって迫り、もはや絶体絶命となりました。

そのときです。ヤマトタケルは、東国に出発する前に立ち寄った伊勢で、叔母のヤマトヒメから渡された二つのものを思い出しました。

「今こそ、そのときだ」とヤマトタケルが小さな袋を開けると、中には火打石がはいっていました。

ヤマトタケルは、渡されたツルギで、二人のまわりの背の高い枯れすすきを薙《な》ぎ払い、二人と豪族とに、あいだを作りました。

そして今度は、渡された火打石を使って、自分の方から火を放ちました。すると火が一気に豪族と

村を焼き尽くしたのでした。

その地は「焼津《やいづ》」となり、アメノムラクモノツルギは草を薙ぎ払ったところから、クサナギノツルギと呼ばれるようになりました。

オトタチバナは、自分はここで死ぬのだと覚悟したときに、夫のヤマトタケルに火の中から救い出されたのでした。

やがて、ヤマトタケルの一行《いっこう》は、三浦半島まで進みました。舟で湾を渡ろうとして、海峡の半《なか》ばで、突然暴風雨に見舞われました。

波は荒れ狂い、舟はこのままでは沈むかと思われました。

オトタチバナはヤマトタケルに言いました。

「これは海の神の怒りに触れたのです。あなたは国を治める大切なお役のある方です。火の中で私の名を呼んで、命を救ってくださったご恩は忘れません。海の神の怒りを鎮めるために、私の命を差し出します。どうぞこの国のため、ご立派なお役を果たしてください」

オトタチバナは、夫の命を救うため波間に身を投じたのでした。

さねさし相模《さがむ》の小野に燃ゆる火の
火中《ほなか》に立ちて問ひし君はも

そのとき、残したオトタチバナの辞世《じせい》の句です。

オトタチバナが海に飛び込むと、たちまち嵐は止み、海は凪ぎました。そこで舟は向こう岸にたどり着くことができました。ヤマトタケルは最愛の妻の死を、大変悲しみました。

第二の妻、ミズヤヒメのもとで休息をとったヤマトタケルは、今度は伊吹山の神の征伐に向かいました。ところがこのとき、ヤマトタケルは、「素手で山の神を討ち取る！」と言って、クサナギノツルギをミヤズヒメに預けて、ツルギを持たずに出かけました。

伊吹山で白い大きな猪と出会いました。ヤマトタケルはこの猪を「伊吹山の神の使いの者」と思いこんでしまいました。「今殺さなくても、帰りに殺してやればいい」と大きな声で怒鳴り、白い猪をやり過ごしました。けれどこの猪こそが山の神自身だったのです。山の神はヤマトタケルに馬鹿にされたと思って、怒って大雨やあられを降らせました。ヤマトタケルは、あまりの恐ろしい天候に命からがら山を降りましたが、その後、体を弱らせて亡くなってしまいました。そして、ヤマトタケルは白い大きな鳥となって、天へ帰っていきました。

＊

十三代目は、ヤマトタケルの息子の仲哀《ちゅうあい》天皇が即位しました。仲哀天皇の皇后、神功《じんぐう》皇后の身体に、

アマテラスが急にのりうつりました。そして、のりうつったアマテラスは「新羅《しらぎ》をめざしなさい」と言いました。

ところが、仲哀天皇は皇后の言葉を信じなかったために、呪いによって亡くなってしまいました。

そこで、神功皇后が新羅、今の朝鮮半島を目指すことになりました。神様の力を味方にして、神功皇后は新羅を一気に制圧しました。

＊

次に、仁徳《にんとく》天皇のお話をします。仁徳天皇は十六代目の天皇です。仁徳天皇はとても優しく、民を大切にする人でした。

ある朝、宮の高殿《たかどの》から国を見渡した仁徳天皇は、民の家のかまどから、どこにも煙が立っていないのに気がつきました。煙があがっていないのは朝ごはんを炊くお米がないということだと思いました。

「これは民が貧しいからに違いない。今、宮には三年分の蓄えがあるから、これから三年は税を集めることを禁じる」と命じました。そして、仁徳天皇自身もぜいたくをやめました。衣服や履物は破れるまで使いました。また、家がぼろぼろになって、屋根の茅が崩れても、そのまま住み続けました。

三年後、再び高殿から見渡すと、民の家々には煙はたくさん上っていました。

そこで歌を詠みました。

高き屋に　のぼりて見れば煙立つ
　民のかまどは　にぎはひにけり

民が富んだと聞いた皇后が「私たちはこんなに貧しい生活をしているのに、民が富んでいるのはどうしてですか？」と言いました。

仁徳天皇は、「政《まつりごと》の基本は民である。民が富まねば天子《てんし》である私も富んだことにはならない」と答えました。

民に力が戻ったと考えて、仁徳天皇はようやく税をまた集めることにし、宮のための仕事も命じました。民は都にどんどん集まり、仁徳天皇のために、自分から御殿を作る仕事をしたり、税金を納めたりしました。

古事記は「その後、三十三代天皇の推古天皇まで受け継がれています」というところで、終わっています。

その後も、日本は「国」として営みを続けています。建国から二千六百年以上という長さで続いている国は、世界中で日本だけです。国がこんなにも長く続いていくということは、決して偶然ではありません。シラス国として続くように、天皇や民が勤めてきた歴史があるからです。

知ることは愛の始まり

赤塚高仁

一人娘の万穂が、米国に留学したのは彼女が十五歳のときでした。

一年が過ぎ、帰国した彼女の第一声は「お父さん、私はとても恥ずかしかった。悲しかった。お父さん、日本のことを教えて！」。

ホームステイ先のママから「マホ、日本はいつ誰がつくったの？」と聞かれ、

「学校で教えてもらってないからわからない」と答えると、

「いいえ、あなたが知らないのは、教えてもらってないからじゃなく、自分の国を愛してないからよ」と言われたそうです。

そして、

「自分の国を愛していない人が、他の国を愛せる？　自分を愛していない人が、他人を愛せる？」と言われ、衝撃を受けたのです。

人は放っておいたら考えません。驚いたときに、初めて考え始めるのです。

日本の中にいたら日本は見えないのです、魚に水が見えないように。

私は今、「ヤマト・ユダヤ友好協会」の会長をさせていただいています。

六十五歳の現在、三十六年間で四十回、イスラエルを訪ねました。

一度滅び二千年の時を超えて、再び建国を成し遂げたユダヤ民族の国に学ぶことは大きいからです。

生まれたところや皮膚や目の色が違っても、彼らはユダヤ民族であり続けました。

それは、彼らが失わなかったからです。民族の心、国を愛する気持ち、そして神話を。

民族とは、同じ歴史を共有する仲間のことをいうのです。

彼らにとっての神話は「聖書」です。

私たち、ヤマトの民族にとっての神話が「古事記」なのです。

四十年近く聖書の現場、イスラエルで、歩きながら足の裏で聖書を読んできました。

そして、祖国日本の神話も足の裏で読んできました。

国生みの淡路島、天孫降臨の高千穂、国譲りの出雲、もちろん伊勢には数えきれないほど行きました。


このたび、腹心の友かっこちゃんと、愛する祖国の神話、古事記をつたえる本を世に送り出せることをサムシンググレートに感謝します。

知ることは愛の始まり。

今を生きる子どもたちが、そして子どもだった大人たちが、日本に生まれてよかった！　と誇り高く生きるチカラとなりますように。

日本よ永遠なれ！　と、祈りを込めて。

古事記は私たちの物語

山元加津子

小さいころ、家にはやさしく書かれた神話の絵本が何冊かありました。どの本も面白くて、ヤマタノオロチをやっつけるお話にドキドキしたり、まるはだかのウサギが痛そうで、涙が出たりしながら読みました。あるとき、これらの物語は全部つながっているひとつの物語だと知りました。それが古事記だったのです。

そしてこの物語のずっと先は、実は私に、そしてすべての日本人につながるのだと気がついたときに、とても驚いてうれしくなりました。

いつかそのうち、できるだけやさしい文章で古事記をまとめてみたいと思うようになっていました。今回、日本の国、ヤマトの国を大切に考えている赤塚さんと一緒に、古事記をまとめることができて、とってもうれしく思っています。

同じく日本を心から大切に思っている小林正樹さんが「私は古事記の一番大切な所は、その冒頭だと思っています。アメノミナカヌシの神、タカミムスビの神、カミムスビの神の名が登場されるのですが、これは宇宙創造のエネルギー、それも三位一体《さんみいったい》のエネルギーだと思っています。この三柱《みはしら》の神が森羅万象をお造りになったのだろうと思います。しかもそれを、神々としてお造りになられたと思うのです。だから全ての存在は神さまなのだと考えています。ですから皆さまが『私は神さまの分霊《わけみたま》なんだ』と分かって戴ければうれしいなぁーと思っています」と言いました。

私も心からそう思います。古事記に流れる物語は、実は美しい愛の物語なのだと思います。

「シラス国日本」は、自分のことだけでなく、他の人を大切に思うことを重んじてきました。

自分のことも目の前の人のことも、大切な存在だと知って、大好きでいられたら、それはとても幸せなことだと思うのです。

私の尊敬し、人生の指針となる方に、生命学者の村上和雄さんがおられます。先生は生前、この宇宙の始まりは一点で、その一点には、設計図があったとしか考えられないと言っていました。その一点が持つ力をサムシング・グレートと呼び、すべてが大切で必要で、助け合って支え合ってひとつのいのちを生きていると考えていました。まさに、私たちの国の、おおもとのなりたちと同じと言っていいと思います。その意味においても、日本人にとって、古事記は私たちの大切な書だと思います。

美しい日本の物語『古事記』を、あらすじではありますが、こうしてひとつにまとめる作業はとても楽しかったです。

最後に、この本をつくるにあたって、白樺工芸のリコちゃんはじめ、たくさんの友だちが、校正などのお手伝いをしてくださいました。心から感謝申し上げます。

いつか知りたかった 古事記

二〇二五年三月十日 第二刷発行

著 者 赤塚高仁・山元加津子

協 力 朗読倶楽部

発行者 山元 加津子

発行所 モナ森出版

石川県小松市大杉町ス一ー一

印 刷 ㈱白樺工芸

ISBN978-4-910388-23-6

モナ森出版